句集 海へ

九鬼あきゑ

角川書店

句集・海へ

目次

装丁●大武尚貴
本文デザイン●ベター・デイズ

句集

海へ

Ⅰ

春の雀

平成十七〜十九年

平成十七年

一本の桐の木に満つ淑気かな

二日はや金の海月の漂着す

かぎろひの中恋文を読んでゐる

花冷の街に弦楽四重奏
天渺々桃明りとはこのことぞ
鬱王の隣りに凜と蕓

椨・楠・椨どれもますらを青嵐

一人ゐて風ゆたかなり風知草

サロメにもなれず天牛放ちけり

秘するものありのうぜんかづらの前

触れてみて落蟬に怒られてゐる

刃物師と眼合ひたる秋彼岸

神鶏の首立ててをり神の留守

阿修羅来よ冬夕焼をつれて来よ

蓮根掘仁王立ちして真っ赤なり

氷る氷ると天燈鬼龍燈鬼

初夢の中の佛頭笑ひ出す

平成十八年

立春や草根木皮みづみづと

二・二六真つ黒に鵜のかたまれる

鉄亜鈴も遺品のひとつ鳥曇

あたたかや万年筆のインクは紺

ゆれるゆれると鳥の巣の木が二本

花の下空の深さに打たれけり

蝌蚪二千三千どれも尻振りて

大日のごとき牡丹に額づきぬ

寺山忌コスモロジーの輪の中に

蟻地獄穴を数へること勿れ

めくるめく綺羅大寺の山楝蛇

朴散華百年のちも雲呼ぶか

離れ鵜の今生の眼の青きかな

夏座敷あかざの杖の二三本

木下闇より円空の鉈の音

七節虫の節を数へる男かな

大海月笑ひだしたきことあるか

蟬時雨五體共鳴して止まず

わたつみを流るる盆のもの二つ

初潮に乗つて行きたき母の國

百草はどれも色濃し秋の雲

秋の蛇すとんと消えてしまひけり

秋風に少し瞬き樹胎佛

リア王の話などして露の山

瞑想の槐多のマスク天の川

鶏頭は鶏頭のまま立つてゐる

大鯉のぐいと近づく秋の暮

島行の船にこほろぎ混じりたる

稲屑火の天に達して帰るかな

月光の木に眠りたる烏骨鶏

流鏑馬の少年に天高かりき

沖に父ゐて満月の大太鼓

干柿の空より風の又三郎

行く秋や一途に赤し神楽面

炉開きや一《はじめ》てふ字のめでたけれ

鴨は鴨鷗は鷗暮れてゆく

累々とはた寂寞と大海鼠

火の声を発し牡蠣打ち始まりぬ

平成十九年

鵜のめざす方を今年も恵方とす

平らなる海従へて飾舟

初御空どの木も胸を正しけり

紅梅や虚子に告げたきことありぬ

母の魂遊びに来しか桃の花

百歳の景色とはこの春の海

紬着て花の一座に紛れけり

天上大風はなれればなれに春鷗

つばめつばめ空に漣あるごとし

花びらの渦花びらと流れゆく

大霞して虚子の忌の山と川

鬼房のまことの文字よ春の灯よ

囀や雲のかなたの雲を呼び

明るくてまだ冷たくて春茸どち

流さるることのたのしき春の鵜よ

喬 命日

なづな忌を春の雀と修すなり

西行忌わけても西を目指すなり

生國はここぞここぞと船虫は

大海月ぶつかり合ひて漂着す

鏡の奥にいつからか母菜種梅雨

佛壇にキャラメル一つ緑の夜

曼荼羅に加ふるとすれば白牡丹

御嶽も牛も貫禄見せて夏

當麻曼荼羅山も仏も滴れり

葛城の神へ草笛献上す

蟬しぐれ戦だんだん近づくか

音立てて玉虫の飛ぶわが祖国

楸邨のまだ覗きゐる蟻地獄

うすものを着て母の忌を修しけり

英霊の橋渡りゆく雲の峰

にこにこと虎魚の鰭の話かな

紅蓮一途の色を放ちけり

紅の極　二本の箒草

あめんぼう闘はずして別れけり

父来ませ母来ませこの盆の海

盆三日一番星が海の上

鶏頭といへばかならず父のこと

阿弖流為の山河に鳴けり鬼の子も

秋風の茅舎浄土にまみえけり

長加みな空也のごとき口を開け

*長加は魚の名、秋から冬にかけて捕れる。

ほがらかに秋の彼岸のワンピース

ちちははへもつてのほかを献上す

太刀魚の銀を飛ばして耀られけり

秋時雨ざんばら髪の木偶とゐる

地芝居のおつるお弓も風の中

冬蜂と親しむ一日賜りぬ

なんのなんのと極月の思惟佛

その中に童子がひとり飾売

大年や墓を行つたり来たりして

Ⅱ

秋彼岸

平成二十〜二十二年

平成二十年

あらたまの海幾千の鵜を起たす

目高にも御慶を申しゐたりけり

海苔粗朶のひとつひとつに淑気かな

海へ出て赤き破魔弓鳴らしけり

つるるつるると初声は目白かな

桶に水あふれてゐたり漁始

五體いま海中ゆくか寒昴

寒明の岸棒の束竹の束

手から手へ光りまみれの春氷柱

カンカンと竹鳴つてをり午祭

啐啄てふ壺ほのとあり春の宵

にはとりの四五羽連れ立つ彼岸かな

壺は壺さくらはさくら夢の世も

薙刀の反り美しき花の寺

雨二日二日うれしき水馬

葉桜や父ののこせし設計図

絵馬石はどれもまんまる走り梅雨

蟇いつもの顔で来てゐたる

船虫に三世といふもあるべしや

古代蓮拈華微笑とはこのことか

蟬の殻どつと付けたる木が二本

カサブランカしづかに開く夜を愛す

ぞくぞくと真赤なる蟹楸邨忌

らいてうの机の傷や明易し

赤彦を呼んでゐたるか時鳥

木落しの音の籠れる花野かな

草がゆれ木がゆれ盆の来てゐたり

戦場のごとく帰燕の始まれり

大壺に水溢れしめ原爆忌

ゆたかなる尾をふり来たる茄子の馬

誉められもせず稔り田の大田螺

象潟は色なき風の立つところ

波郷へと続く道なり酔芙蓉

フォッサ・マグナをぞくぞくと秋の蝶

一団の鴨一団の鴨へ着く

もぞもぞとゐるくれなゐの大海鼠

白鳥来太古のやうな空を連れ

触るることなき冬の夜のマンドリン

戦遠く極月の孔雀の前

悼　浦岡敬一氏

海に呼ばれて冬の没日と共に去る

平成二十一年

山の端に星の大きくひよんどり

去年今年もつとも明き星探す

旗千本はためく元日の港

初釜に青き旋毛の男の子かな

初夕日一湾を染めぐらぐらす

一叢の水仙こころ直なる日

寒鯉のかくもしたしく近づき来

闇へとんで音なかりけり年の豆

「ボレロ」高鳴るきさらぎの応接間

苗木市最前列はいつもの木

初午の輪の中にゐるめでたさよ

建国記念日山の音水の音

ふりむきもせず恋猫となりゆけり

男雛いまはるかなるこゑ発しけり

霾天にかつと眼を開け大達磨

春の夜を一歩文鎮のかたつむり

菜の花の彼方蕪村の与謝郡

フルートの音のなかから春の人

桃の日の海は一日漣す

悪童の深き礼して卒業す

千年の声か朧の韓の壺

海牛のあまたあつまる桜かな

佛頭にかしづく花の近江かな

したたかに狂うて見たき朧の夜

西行の山ぞ大山蓮華咲く

初夏の卓にぽつんと騎手の帽

青梅の臀みな紅を含みたる

格天井一つはたしか夏の色

船虫の見しものの我に見えざるや

風入れてひとりのための風炉点前

あぢさゐの青に打たれし一日かな

音たてて玉虫宙に帰るなり

水打つて住吉さまへ詣でけり

ふるさとや夏至の真昼の香を炷く

大葭切やぶれかぶれの声発す

青栗のこの弾力を愛でられよ
あめんぼうそのまた上にあめんぼう
先の世のこゑか遠州大念佛

鬼やんま翻るたび青世界

先頭はいつも喬の鬼やんま

盆のものの提げ満潮の橋の上

秋簾かけしままなり子規の部屋

見送れる人多かりき秋彼岸

萩明り芭蕉の杖の置きどころ

来し方も純白の景酔芙蓉

平らかな海とはなれず獺祭忌

秩父より葡萄兜太の世界かな

鷹渡る村に二本の幟旗

濱人も喬も来たれ良夜かな

をんどりが来る堂々とくる秋深し

短日やめんどりの白極まれり

赤海鼠つひに一つが動き出す

朴落葉踏むその中を芭蕉・曾良

日も月も称へに来しか狐の死

「生きる」という名の水楢（樹齢八百年）に会う

埋み火のやうな乳房を持ちて生く

直立も直角も綺羅枯蓮田

土器を海へ放ちて年送る

平成二十二年

初日燦々モンローの大パネル

ギイと鳴りギイと応へて飾舟

初釜にすはらからの微笑かな

大きくも小さくもなく陶雛

武相荘にて　二句

紅梅の空は正子の空なりき

韋駄天の次郎の声か春の山

鳩山会館

さくらの夜彼岸の夫の時計鳴る

春の鵜のせつせつと羽根撃ちてゐる

鳥の巣も二つあるらし空に鳥

霾や男一人の造船所

永き日の机に辞書と花林糖

なづな忌の太平洋に一人立つ

みんなゐて仰ぐ喬の山桜

海牛の大方は留守虚子忌かな

雨蛙二度鳴いて時過ぎゆけり

丈低き大山蓮華今日開く

ほたるぶくろはどれもふくろのまだ小さき

青空の欲しと出で来し蟾蜍

墓守はあの高き木の青葉木菟

どつと出てまことと明るき蝸牛

鳴けるだけ鳴く生國の時鳥

朱鷺色の海月に何を託さうか

百歳の一歩一歩へ雲の峰

白日傘モジリアーニの女来る

螢の夜ひとりひとりになつてゐる

天牛の大胆に飛ぶ虚空かな

三伏の軍鶏の眼の険しかり

烏骨鶏つれだちてゆく驟雨かな

百日紅ひねもす揺るる濱人忌

姫蒲の姫のこゑ待つ故郷ぞ

楸邨の舟は何処ぞ天の川

迎火を豪華に焚いて一人なり

短足でよしとつぶやき茄子の馬

秋草に囲まれてゐるやすけさよ

鶏頭や十間先に海があり

麗子像の赤そのままの大石榴

隠國の金の芒は父に捧ぐ

鬼柚子を抱けば師のこゑそこにあり

蓮舟も傾いてゐる良夜かな

藁塚のひとつひとつに闇のあり

海暮れて海の辺の酉の市

白鳥の白鳥を呼び漂へり

訛ごゑもゐて白鳥の鳴き交す

森澄雄先生を偲びて

臍のごとき木の実が一つ掌に

着ぶくれて鳥の眠りに近づきぬ

全景の鴨なにものも交へずに

虎河豚の海がふるさと汝も吾も

大年の天上に鵜の昴れり

Ⅲ

花火舟

平成二十三〜二十五年

平成二十三年

初夢のなか楸邨もその猫も

星のもう出てゐる頃か飾り炭

天狼の真下あかあかひよんどり

寒鯉のかくも大きな音発す

何もなき臘梅の空あればよし

牡丹雪目玉大きな土偶かな

万象のなかのわが杖初鶯

菜の花の束を抱へて神父来る

一人静しづかにひとりつらぬけり

はらからに明日ありと告ぐ春銀河
死者生者集まつてゐる朧の夜
糶市の箱に赤札花曇

言葉なき祈りの日々よ花は葉に

大筍真北に鎮座し給へり

くちなはの水のかたちになりてゆく

十薬はどれも直立全うす

蔓そんなに力入れぬとも

蘂見せて泰山木の花暮れぬ

初螢十指みどりに染めてみよ

青榠樝すでに歪なかたち成す

虫干やちちの遺品の筆二本

寒雷賞受賞の高木清育氏へ

清育の草矢もつとも遥かなり

喜ぶ喬を想像して

喜雨を得て男の肋輝けり

手術室へ再び

短夜の闇の中へと担送車

日常のゆつくりと過ぐ団扇かな

起きて立てよと蟬時雨蟬時雨

ももいろの尻美しき羽抜鶏

誰もみな海に手を入れ花火待つ

楸邨も喬も乗りし花火舟

空よりも海の応へし大花火

すれちがふ刻に手を上ぐ花火舟

捕虫網抱へし子等の講座かな

誰もみな沈黙の刻酔芙蓉

庭師山岡氏逝く

新秋の風となられよまた来られよ

藤袴抱へて友の来たりけり

群るるほど寂しかりけり曼珠沙華

小面もこごゑを発し芋名月

満月の句座の真中の一人なる

門ごとに盛砂を置き秋祭

百日を病むも生きざまいつか秋

お捻りの飛び交つてゐる村芝居

門ごとに魚はねる音恵比須講

なつかしき声に囲まれ酉の市

酉の市海がもつとも暗かりき

人形の胸豊かなり冬灯

蓮枯れを見届けてゐる鳥も人も

濱人旧居石蕗の黄が眩し

大年の孔雀がくわつと羽根ひらく

平成二十四年

どの犬も胸を正して初詣

初硯大ぶりなるを選びけり

金泥にうすす墨を置く二日かな

七種の庖丁鳴らせ御母よ
やんぞうこんぞうその先は春の灘
風鳴つて音符のやうな春茸どち

春潮の昂り止まぬ九鬼の海

朱の椀のコツと鳴りたる涅槃寺

大泣きの象に春月昇り来る

片倉みつさんを偲びて

花杏みつさんのこゑ聞ゆなり

緋を重ね夥しきは花うぐひ

太古よりのつそり出でし大田螺

また同じ人が見てゐる豆の花

夏落葉こんなに積もるとは知らず

えんばい市誰も提げたる生白子

金子兜太・小池光氏対談

兜太明晰光混沌薄暑光

白南風や岸で繕ふ網いろいろ

恋螢つひに一つとなりにけり

かなぶんのぶつかつて来る船着場

黒帽子ぽつんとありぬ夏座敷

合掌の形に果つる兜虫

平安やふんはりとゐる芋虫も

墓参して一人一人となつてゐる

酔芙蓉わが晩年もかくありたし

父来ませ母来ませ門火つよく焚く

海人たちの声なく八月十五日

鬼灯のあふるる墓に詣でけり

太刀魚に深海の色見届けぬ

はじまりはいつも九月の海より来

虫時雨狂ひたき夜もあるならむ

小鳥はや来てをり微笑佛・忿怒佛

月光の海がわが海鎮もれる

父とゐて何も語らず大花野

西国へ鷹を送りし安けさよ

柿の朱の満ちくる刻の豊かさよ

三日目も深き色して郁子一つ

天狼と同じ虚空に汝の座も

綿虫のあをあをと飛ぶ地球かな

隼の闘ふはただ生きんため

平成二十五年

朱すぎる海星と逢ひぬ今朝の春

からりと一人初空は無限大

初山河喬の修羅と相対す

餅花に紅濃きものもありにけり

浜降りの男の背の大きかり

盛砂を置きたるところ淑気満つ

太箸の今年も二膳並べらる

濱人の青墨の香や初硯

ユーカリの木が木を呼べり冬銀河

手焙りのしんと置かれし控への間

カンザブロウてふ寒木にもの申す

地の神もこゑあげてゐる鬼やらひ

まだほのと深き色して蕗の薹

恋猫の声ともならぬこゑ通る

草餅の湯気の向かうに姉妹

行人の一人となるや霾れり

祐三の「靴屋」の扉風光る

近海の魚呼んでゐる涅槃西風

白梅の空を辿ればば「おゝ」と父

鱵みな口尖らせて滴れり

花榲親しきこゑを浴びてをり

十五年目の喬忌を前に　二句

修羅を生き仏を生きて山桜

一角に喬の座あり山桜

齊藤美規さんを偲んで

春蟬や美規さんのこゑ降りて来る

浜大根の花の盛りの造船所

春惜しむやうにゆれゐる雨虎

水音の好きな足長蜂二匹

あめつちを蹴りつつ海月去りゆけり

浮葉まだ赤きところを失はず

ゐるはゐるは海索麵の花のやう

葭切の裂帛のこゑ今日も上ぐ

雲梯のごとく二本の今年竹

鳥語みなどれも短し五月雨るる

鳥が来て雨が来て泰山木の花

秘めごとは螢袋にしまひけり

濱人の書よりはじまる曝書かな

尺蠖も哭きたくなりぬ空の色

今生の風すこしあり風知草

まだ誰も来ず井の國の大茅の輪

切麻をまだつけてゐる男かな

ほうたるのうしろの闇の美しき

生國や蟹ぞくぞくと出没す

凌霄の二度目はどれも淡きかな

木を仰ぎ木のこゑを聞く夏の果

茄子の馬しつぽ長しと宣へり

盆の海青を尽くして横たへり

黙禱はひとり八月十五日

わが俳のはじめは法師蟬一句

秋茜そんなに飛んで来なくとも

月光に鎮座まします大錨

墓参してあの赤鱏に会ひにゆく

誰もゐず誰も来ずなり万年青の実

青竹の行き交ふ秋の祭前

いとほしきこの棉の実の亀裂かな

茨蓮を噛んで童女に戻りたる

爽籟や大いなるもの憑き来たる

豊胸の土偶一体良夜かな

穴惑蛇屋の裏に消えにけり

蓮枯れのはじまつてゐる遠淡海

全天青山が山呼び冬来たる

媼面どれもやさしき冬はじめ

白鳥の白は全き白ならず

冬青空楸邨の鵙連れて来ぬ

いつの間に対岸にをり鳰

夜が来てぼそと呟く大海鼠

枯蘆の頂点動くもののなし

姫蒲の枯れきつてなほ姫なりき

Ⅳ

鬼柚子

平成二十六〜二十八年

平成二十六年

さざなみの上をさざなみ去年今年

類なき鬼柚子一つ飾りとす

若潮汲むひとりひとりの背中かな

一湾に舟犇めける淑気かな

空・海・人並べて眩し初没日

寒明は啐啄といふ壺にあり

木の瘤の秘めたる力二月尽

金縷梅の黄のもぢやもぢやを囃しけり

涅槃図を見て来し夜の鼓動かな

海牛の押し寄せてゐる彼岸かな

しづかな雨しづかな心けふは春

けふもまたつつましく来ぬ孕猫

喬忌のくるぞくるぞと山桜

菜の花の海を出てゆく柩かな

黄の蝶が黄の蝶とゆく親しさよ

顔入れてさくら明りに漂へり

傾くも真っ直ぐもあり春筍

走る走るおたまじやくしも人間も

蝶二頭まだ眼裏を翔けてゐる

いつの世もひたぶるに生き大田螺

鱵どち綺羅を尽くして並びけり

アカシアの花の明りよ同胞よ

鏃みな鳥の形よ薄暑光

貝塚の貝の凹凸大南風

風のこゑ人のこゑして田水張る

あめふらし遠淡海に喜雨呼ぶか

鵜を選ぶ鵜匠の眼厳しかり

父の魂来てゐて泰山木の花

初螢わが掌のまだ熱き

青葉木菟ほうと応へてそれつきり

音楽の降る駅頭や虹二重

ピアノふと鳴る夏至の日のコンコース

海へ帰る亀の大粒泪かな

銀やんま空ひつぱつて去りゆけり

井の國のどの田もしんと稲の花

一塊の石濡らしゆく穴まどひ

露けしや木地山こけし静かに置く

遠つ祖もしづかに眠る海は秋

秋潮のわが総身を打ちに打つ

帰燕はじまり湾口のきらきらす

砂畑のあればかならず鶏頭花

剝落の四天と秋を惜しみけり

何処も棄民二十一世紀の深秋

榠樝五個どれもいびつや朝日浴ぶ

まんまるな土偶の眼鵙の天

太刀魚の銀かぐはしき日暮かな

胡鬼の子欲しさらに円かなるものが欲し

鬼柚子と暮す一日豊かなり

生きめやもなほ朱を深む烏瓜

まだ力残してゐるか蒲の絮

共に進む鴨の時間と鵜の時間

ほつこりとしつとりと行く落葉道

青すぎる空のうれしき冬鷗

返り花一つがよしと誰か言ふ

脚高の八雲文机冬灯

棉の実に爆ずる力を貰ひけり

入鹿の鹿また走らすか冬の雷

空の青海の青つれ大海鼠

濱人師回想

天地の間に師のこゑ鴨のこゑ

交はりは淡きがよしと日向ぼこ

まじまじと大鵟を見ゆ年の暮

平成二十七年

宝船高々と揚ぐ父子かな

初霰たちまち山河隠しけり

ハーレーを磨く三日の次男坊

コンドルと黙分かちあふ冬帽子

大鷲たちへ

我はわれなりと白頭鷲聳ゆ

朱鷺はいま沈思の時間寒夕焼

梅真白父にもつとも近くをり

草も木も揺れやまざりき喬の忌

海牛のまだ出て来ぬか彼岸入

傾きしまま飾られし男雛

ひいふうみ星のやうなる蕗の薹

草木瓜の赤をつくせる花の数

水打つて水うつてゆく初燕

天山よりこの山桜見えますか

しづかな雨しづかにしだれざくらかな

八十八夜しづかに一人貫けり

翻るたび赤鱏の微笑かな

走り茶を含み高浜虚子のこと

あをあをとまだ揺れてゐる落し文

蛇の衣いまだなまなましく戦ぎ

螢狩だれもやさしき顔をせり

夏星やはるかなる眼の面打師

円空の山河のうぜんかづらかな

白を尽くせり濱人のさるすべり

頭を上げて泳ぎきつたる金の蛇

初蟬や土偶は永遠にまばたかず

山椒魚に会ひたる夜の豊かさよ

玉虫の木ぞ堂々の大榎

舟小屋に赤のまんまと文庫本

芋虫の捨て身の構へ遁走せよ

濡れるだけ濡れて九月の兜虫

原田喬全句集なる
銀漢や机辺にけふも全句集

抽出にナバホの砂絵虫時雨

黙々と人の行き交ふ海の盆

鬼やんましほからとんぼ来て遊べ

風向計しづかに降ろす海は秋

海鳴りを全身で聞く厄日かな

生國は水ゆたかなり蓮は実に

酔芙蓉かくも酔ひたる一日あり

いつからか秋風鈴となりゆけり

月光の円座にしんと父と子と

身を揺らす青蟷螂に迎へらる

窯五日がうがうと鳴り月明に

「リュトン」てふ器に新酒汲みにけり

初秋の風にきらめく草木あり

芋の露どれも楕円と成りたるよ

爽やかに人の集まる遠忌かな

太陽がまだ恋しきか穴惑

ひよんの実や我が青春の戻り来る

破れ蓮どれも祈りの形なす

天空に近きところを朴落葉

平成二十八年

西之島

初景色わけても海のかがやけり

勾玉の出でたる山も初霞

初夢の象の歩みに従へり

セシウムの海も真青よ年新た

蒼茫の海めぐりきて初硯

翩翻と大漁旗の三日かな

海鳴りの鎮まりてより薺打

茶道の師を偲んで

花びら餅宗紫先生来られしか

しんとして八つ手の花の咲くところ

枯野行たましひ透くるところまで

それぞれに胸ひからせて白鳥来

この指を離れられぬか冬の蜂

還らざるもののこゑ満つ寒の海

風の鳴る方へ大きく鬼は外

帰る雁海ことごとく応へをり

万蕾の宙の気合ひを貰ひけり

霾や棄民の村を置き去りに

満蒙に仆れし人の墓朧

涅槃西風蓮田一枚消し去りぬ

ケーブルの太き曲線風光る

なづな忌の海に呼ばるる人も鳥も

喬の祥月命日に開花

あの世から降りて来られよ山桜

涅槃図に鬼の泣くこゑあるならむ

校庭に花渦なせるところあり

わが俳諧をかえりみて

春潮に打たれ打たれて五十年

大灘をゆくもののあり虚子忌かな

花吹雪猫を隠してしまひけり

地震つづく日本なべて竹の秋

句座あらばけふも来てゐる蟇

満潮俄なり赤鱏のゐるはゐるは

師の魂か泰山木の花ひらく

水神の塩美しき梅雨入かな

志高く泰山木の花

円空の空に必ず凌霄花

考の木は蟬の木雲を呼んでをり

鵜飼舟こゑも流れてゆきにけり

大いなる花に明けたる楸邨忌

梅雨満月海は平らを尽くしけり

雲のある方へ方へとあめんぼう

五億年前の三葉虫へ雷

ひときは凜と白蓮紅蓮

箒草炎《ほむら》走れる気配あり

敗戦日太平洋の鳴りに鳴る

米櫃をひつくりかへす厄日かな

濱人の文机にゐるすいとかな

柚子坊のはや遁走の構へかな

露一夜普羅の気魄の書と対す

かにかくに人の恋しき秋の蛇
誰もみな巨き顔なり村芝居
天空より呵々大笑の石榴受く

友のやうないびつな榠樝置かれけり

火のやうな最後の一葉落ちにけり

鬼柚子の皿をはみ出し鎮座せる

火種まだ残してをりぬ枯蓮田

あをあをと綿虫二つ浮游せり

白頭鷲黙想をまだ解かざりき

方々で魚撥ねる音恵比須講

白鳥の山河ふたたび地震襲ふ

ある日どつと水仙の芽の一二寸

うつとりと白梟に見つめらる

師の袱紗飾り炉開き迎へけり

よき声の人の熊手を買ひにけり

一陽来復振子の音の中に句座

醤油蔵樽しんかんと年歩む

V

山桜

平成二十九〜三十一年

平成二十九年

大漁旗鳴りに鳴りたる二日かな

深き色蔵してゐたる仏の座

かはらけのはるかなる音西行忌

涅槃図のどの顔もまだ泣き足らず
涅槃図にかしこまりたる男の子
何もかも容れ三月の雑木山

生も死も花菜明りの中にあり

混沌がよしと宣ふ蔓

笋や同じこゑして兄弟

母の日は母の衣を着て行かな

群盗のごとく出でたるあめんぼう

はじめからひとりに徹すあめんぼう

晴もよし褻もよし泰山木の花

風を入れたし螢袋の袋にも

佛頭も吾も近江の夕立中

のうぜんは円空の花汝の花

雲が来て紅蓮の紅極まれり

夏蝶の狂ほしく飛ぶ日なりけり

落蟬の貌を見んとて叱らるる

やあと手を上げ自然薯を持ち来たる

方寸の塗盆に秋一つ盛る

阿弖流為の山河染めゆく曼珠沙華

鶏頭の赤の極みのみちのおく

北限の磨崖仏

鬼やんま呼んでゐたるか磨崖佛

大日のごとき時雨の磨崖佛

今日の月海も弾んでゐたりけり

心放ちて鴨の羽音の中に入る

固き落葉かたき音して積もりけり

もう戻るわけにもゆかず大枯野

すべるやうにささやくやうに鴨の群れ

海よりも深き色して龍の玉

枯蓮田もう何もゐず何も来ず

平成三十年

白浪の海はわが海お元日

詩の水脈の端に生かされ年迎ふ

スーパームーン二日の海の響動めけり

読初はウミウシの本麗しき

狼に呼ばれしと言ひ兜太逝く

白椿麗し石橋朝子逝く

吊し雛つるし次の間に眠るかな

風光るところ学校田一枚

生も死もこの一本の山桜

西國の都にゐると花便り

微動だにせぬ青鷺の王に春

涅槃図へ善男善女どつと座す

恋猫のかくも親しきこゑすなり

黄砂降る中ハーレーの男来る

地球儀をゆつくり廻す虚子忌かな

点滴は銀の雫よ朧の夜

生かされてふたたび花に会ふ日かな

香しや退院の日の豆ご飯

緑雨の中しづかなこゑに取り巻かる

あぢさゐが好きと一年生の手紙

ふるさとの声は潑剌小葭切

楸邨の海月と誰も指をさす

ゆれやまざるはのうぜんの第一花

犀星のまんまる眼鏡緑の夜

大いなる闇美しき初螢

楸邨へ還す「寒雷」燦と夏

夕顔の咲きたることは言はざりき

みづみづしきは我が掌の玉虫ぞ

玉虫のこつんと降り来しづかな日

大灘をいつもうしろに門火焚く

黄泉平坂越えて来たるか鬼やんま

芋の葉の露は大粒佳き日なり
次の日も玄関にある八頭
榠樝一つフォッサ・マグナを転がり来

今日生きんためこほろぎのこゑ高し

窯変の壺に力や冬の雷

枯れきつてこそ麗しき蓮の骨

枯れきつてなほ艶めける箒草

枯れ尽くすユーカリに気を貰ひけり

病棟より

平成三十一年

鬼の豆撒くことならず掌に

立春大吉山辺どれも調和せり

神々しき二月の海が吾を呼ぶ

白き塔より白きかな春立つ日

立春の窓といふ窓きらきらす

還暦の子より受くるは薔薇の束

氷三片命の水を賜りぬ

もぐら道あるが楽しき鳥たちも

何と香し白梅は父の花

軍服の父の手にある雛あられ

紙風船ついてくれたるはらからよ

激励の愛の色紙は花に満つ

句集　海へ　畢

あとがきに代えて

『海へ』は、九鬼あきゑ先生の第四句集です。

先生は、本年一月来、この句集の刊行に向けて準備をすすめておりましたが、体調が急変し、二月十九日に逝去されました。

念願の句集を手にすることなく、七十六歳の俳句人生を閉じられた先生の無念は、いかばかりかと、胸を締めつけられる思いがいたします。

第三句集『天天』以後の、先生の充実した歳月は、加藤楸邨、原田喬両先生の詩精神を尊び、病魔と闘いながらも、渾身の俳句を作り続けた日々でありました。

『海へ』に収められた作品の数々は、遺された私たちへの良き手本として、

「椎」の会員一人一人の胸の中に深く、永く刻まれることでしょう。
出版に際しましては、KADOKAWAの石井隆司様にご助言をいただきました。心より感謝申しあげます。

平成三十一年四月

「椎」同人　原百合子

著者略歴

九鬼あきゑ

くき・あきえ　本名・原田昭枝

昭和十七年九月十八日　静岡県生まれ。

昭和四十一年　原田喬について俳句を学ぶ。

昭和四十二年　「寒雷」入門。加藤楸邨に師事。原田濱人にも師事。

昭和五十年　原田喬が「椎」を創刊主宰。発起人として参加。以後、編集に携わる。

昭和五十六年　「寒雷」同人。

平成十一年　原田喬逝去により「椎」を継承主宰。

平成三十年　「寒雷」終刊。後継誌「暖響」に同人として参加。

平成三十一年二月十九日　逝去。享年七十六。

「椎」主宰、「暖響」同人。現代俳句協会会員。静岡県俳句協会副会長。浜松市民文芸選者ほかを務める。

句集『海月の海』『湾』『夭夭』『九鬼あきゑ句集』、著作『楸邨俳句365日』（共同執筆）など。

句集　海へ《うみへ》

初版発行　2019年8月25日

著　者　九鬼あきゑ
発行者　宍戸健司
発　行　公益財団法人　角川文化振興財団
〒102-0071　東京都千代田区富士見1-12-15
電話 03-5215-7819
http://www.kadokawa-zaidan.or.jp/
発　売　株式会社　KADOKAWA
〒102-8177　東京都千代田区富士見2-13-3
電話 0570-002-301（カスタマーサポート・ナビダイヤル）
受付時間　11時〜13時 / 14時〜17時（土日祝日を除く）
https://www.kadokawa.co.jp/
印刷製本　中央精版印刷株式会社

落丁・乱丁本はご面倒でも下記KADOKAWA読者係にお送り下さい。
送料は小社負担でお取り替えいたします。古書店で購入したものについては、お取り替えできません。
電話 049-259-1100（土日祝日を除く 10時〜13時 / 14時〜17時）
〒354-0041 埼玉県入間郡三芳町藤久保550-1
 ISBN978-4-04-884264-8 C0092

角川俳句叢書　日本の俳人100

青柳　志解樹
朝妻　力
有馬　朗人
安西　篤
伊丹　三樹彦
伊藤　敬子
伊東　肇
井上　弘美
猪俣　千代子
茨木　和生
今井　千鶴子
今瀬　剛一
岩岡　中正
尾池　和夫
大石　悦子
大牧　広
大峯　あきら
大山　雅由
小笠原　和男
小川　晴子
奥名　春江
落合　水尾
小原　啄葉
恩田　侑布子
甲斐　遊糸
加古　宗也
柏原　眠雨
加藤　憲曠
加藤　耕子
加藤　瑠璃子
金箱　戈止夫
金久　美智子
神尾　久美子
九鬼　あきゑ
黒田　杏子
阪本　謙二
佐藤　麻績
塩野谷　仁
柴田　佐知子
小路　紫峡
鈴木　しげを
千田　一路

高橋　将夫
田島　和生
辻　恵美子
坪内　稔典
出口　善子
手塚　美佐
寺井　谷子
名村早智子
鳴戸　奈菜
名和未知男
西村　和子
能村　研三
橋本　榮治
橋本美代子

藤木　倶子
藤本安騎生
藤本美和子
文挾夫佐恵
古田　紀一
星野　恒彦
星野麥丘人
松尾　隆信
松村　昌弘
黛　執
岬　雪夫
三村　純也
宮田　正和
武藤　紀子

村上喜代子
本宮　哲郎
森田　峠
山尾　玉藻
山崎　聰
山崎ひさを
山本　洋子
柚木　紀子
依田　明倫
若井　新一
渡辺　純枝
ほか

（五十音順・太字は既刊）